MON PETIT FRÈRE

Jean-Louis Fournier est réalisateur et auteur. Il a publié quarante livres dont une série de récits personnels : *Il a jamais tué personne, mon papa*, *Où on va, papa ?* (prix Femina 2008), *Poète et Paysan*, *Veuf*, *Veuf cherche femme immortelle*, *La Servante du Seigneur*, *Ma mère du Nord*, *Je ne suis pas seul à être seul* et *Je n'ai plus le temps d'attendre.* Il a également créé les dessins animés cultes *La Noiraude* et L'*Oiseau Antivol.*

Paru au Livre de Poche :

Arithmétique appliquée et impertinente
Bonheur à gogos !
Ça m'agaçe !
Le C.V. de Dieu
Grammaire française et impertinente
Il a jamais tué personne, mon papa
Je n'ai plus le temps d'attendre
Je ne suis pas seul à être seul
Je vais t'apprendre la politesse...
J'irai pas en enfer
Ma mère du Nord
Merci qui ? Merci mon chien
Mon autopsie
Mon dernier cheveu noir
Les Mots des riches, les mots des pauvres
Mouchons nos morveux
Où on va, papa ?
Le Petit Meaulnes
Poète et Paysan
Roulez jeunesse
Satané Dieu !
Sciences naturelles et impertinentes
La Servante du Seigneur
Veuf
Veuf cherche femme immortelle

JEAN-LOUIS FOURNIER

Mon petit frère

PHILIPPE REY

Crédits photographiques : DR

ISBN : 978-2-253-25099-9 – 1re publication LGF

Yves-Marie, deux ans.

Mon cher Yves-Marie je te prépare une sale blague.

Je vais essayer de te faire parler…

Toi qui détestais parler de toi.

Tu as toujours été discret sur tes états d'âme, on a eu beaucoup de peine à savoir ce que tu pensais.

Aujourd'hui que tu n'es plus là, on a envie d'en savoir plus, je vais être indiscret.

J'ai réalisé pour la télévision beaucoup de documentaires sur des personnages que je devais faire connaître, faire aimer aux téléspectateurs, c'étaient des scientifiques ou des artistes, Claude Lévi-Strauss, Egon Schiele, Gustav Klimt…

Cette fois on va te découvrir dans un livre, ce sera un peu une déclaration.

Mais pas d'amour aveugle.

Rassure-toi, je parlerai de moi aussi.

Tu peux me faire confiance, je suis la personne qui me touche de plus près.

Il va falloir que tu m'aides, je vais te donner la parole. Tu pourras intervenir depuis ton au-delà, me rappeler des souvenirs que j'ai oubliés, rectifier des inexactitudes, réparer des injustices.

Ne t'inquiète pas, tu pourras lire, par-dessus mon épaule, tout ce que j'écris.

Ce ne sera pas un monologue, plutôt un dialogue entre toi et moi, entre ciel et terre.

On a sonné.
Un camion est devant ma maison.
On me livre un colis énorme, une longue caisse.
Je ne comprends pas, je n'ai rien commandé.
Il doit s'agir d'une erreur.
Le transporteur vérifie, il a bien mon nom et mon adresse, ce colis est pour moi.
Aucune trace de l'expéditeur.
Je ne peux pas accepter, c'est forcément une erreur.
Je refuse.
Le transporteur est très ennuyé, il essaie de me convaincre, il est sympathique, je suis convaincu.
Il me propose de l'entreposer chez moi en attendant.
Ils la récupéreront après enquête.
Ils se mettent à quatre pour la déposer dans le jardin.
Elle est volumineuse et lourde.
Ma petite chatte Artdéco vient la renifler…

J'ai hésité pour le titre. Un moment j'ai pensé appeler ce livre *Yves-Marie* puis *Mon jeune frère*. J'ai finalement choisi *Mon petit frère*.

Dire mon petit frère à un vieillard de quatre-vingt-trois ans je trouve ça rigolo. Quand on a quatre-vingt-quatre ans son petit frère en a quatre-vingt-trois.

Dans « mon petit », il y a de la tendresse.

Et puis c'est comme ça que je t'appelais.

Qu'est-ce que tu en penses ?

— Pourquoi tu me poses cette question, tu en fais toujours à ta tête.

Pour la couverture, j'ai retrouvé la photo de notre communion, elle a été exposée à Arras chez le photographe.

Nous étions fiers d'être en vitrine, il faut reconnaître qu'elle était belle.

Nous étions charmants à l'époque, surtout toi, tu avais des longs cils, on disait que tu avais des yeux de biche.

Ce n'est pas évident d'écrire un livre sur un personnage secret qui parlait très peu de lui…

Je vais essayer.

Lors de notre enfance déjà, je parlais pour deux...

Cette fois encore, je vais devoir parler pour toi.

Essayer de traduire en mots tes silences...

Percer le mystère Yves-Marie.

Pour te faire mieux connaître et plus apprécier.

Tu n'étais pas exubérant, tu n'étais pas excentrique, tu n'étais pas extravagant, tu n'étais pas extraverti, tu n'étais pas excessif, tu n'étais pas extraordinaire, tu n'étais pas exceptionnel. Mais tu n'étais pas banal.

Toi, ancien X, tu étais *in* : intérieur, intègre, introverti, ingénieux et ingénieur… et surtout intelligent…

Et pas, comme on l'a cru parfois à tort, indifférent et insensible, parce qu'on t'avait connu impassible.

On était complémentaires. Tu étais *in,* j'étais *ex.*

On aurait pu travailler ensemble.

Dans une compagnie aérienne, tu aurais été le pilote, j'aurais été steward.

Dans une pâtisserie, tu aurais fait les tartes, j'aurais posé les fraises.

Dans un restaurant, tu aurais été aux cuisines, j'aurais été au service.

Dans une banque, tu aurais fait les comptes, j'aurais été au guichet sourire aux clients.

Sur un bateau, tu aurais été à la barre, j'aurais écopé.

Dans un théâtre, tu aurais été dans le trou du souffleur, j'aurais été sur scène.

Vas-tu aimer, mon petit frère, qu'on te consacre un livre ?

Qu'on parle de toi, toi qui n'en parlais jamais, et restais un grand mystère ?

— T'es-tu déjà posé la question, mon grand frère, de savoir pourquoi je ne parlais pas ?

Je ne pouvais pas toujours, c'était dur avec toi. Toi tu étais bavard, moi je pensais.

Je pensais à tous ceux qui parlent pour ne rien dire…

— Tu ne me mets pas dans cette catégorie-là, j'espère ?

— Non, pas toujours.

— Parler, c'est partager avec les autres ses émotions, ses impressions, ses admirations, ses sentiments, ses idées…

Pourquoi tu les gardais pour toi, tes idées, d'autant que je suis sûr qu'elles étaient bonnes ? Il fallait nous en faire profiter.

Moi, Jean-Louis, la seule matière à l'école où j'étais fort, c'était le français, j'avais des bonnes notes à mes rédactions.

J'aime toujours écrire, maintenant mes rédactions sont plus longues que celles de notre enfance, elles font cent pages, on les appelle des livres.

Ils servent à faire durer ce qui ne dure pas.

Je ressuscite le passé, mon père qui n'a jamais tué personne, ma mère du Nord, ma femme Sylvie...

Avant, dans les châteaux, il y avait une galerie où étaient exposés les portraits des ancêtres disparus. Je fais un peu pareil...

Je ranime tous ceux que j'ai aimés et que j'ai perdus. Tu en fais maintenant partie, mon petit frère qui n'a jamais tué personne, sauf des poissons, et qui n'aurait pas fait de mal à une mouche.

Je t'ai déjà donné la parole, il y a très longtemps, dans un livre, *Le Petit Meaulnes*, écrit pour ceux qui me demandaient si c'était moi qui avais écrit *Le Grand Meaulnes*, et à qui je pouvais répondre : «Non mais j'ai écrit le petit.»

Le petit Meaulnes, Antoine, c'était toi, tu parlais de ton grand frère. Le grand Meaulnes, Augustin, c'était moi. Tu ne me faisais pas de cadeau.

C'était une fiction, mais pas tout à fait…

J'avais puisé dans nos souvenirs d'enfance.

Te souviens-tu de ce que je t'avais fait dire ?

«C'est jamais drôle d'être le petit à cause du grand qui est au-dessus, c'est dur de pousser à l'ombre.»

Dans mon livre *Le Petit Meaulnes*, les relations entre les deux frères étaient ambiguës, Antoine se moque de son grand frère mais il en est fier.

Il dissimule mal la tendresse qu'il a pour son aîné. «Je l'aimais bien quand même», écrit-il.

Dans mon livre, Augustin était un romantique, sentimental, passionné, imaginatif, premier en rédaction, il écrivait des poèmes comme moi.

Antoine était premier en maths, cérébral, réaliste et taciturne, comme toi. C'était lui qui racontait l'histoire.

Ça se terminait très mal. Le petit Meaulnes, agacé, noyait le grand Meaulnes dans un étang malsain.

Heureusement, ça, c'était de la fiction…

Yves-Marie avait des facilités, Jean-Louis avait des difficultés.

Tu réussissais, sans effort, sans travailler.

Tu agaçais les bûcheurs qui ne réussissaient pas.

Tu travaillais moins et tu réussissais mieux.

On aurait pu te détester.

On n'avait pas envie.

Tu ne la ramenais pas, tu étais très gentil.

Plus que moi.

Mon petit frère était gentil, et fort en maths.

Il m'aidait à faire mes devoirs, il me battait aux échecs. Il était joli garçon, je le trouvais plus beau que moi. Il avait des longs cils, des cheveux qui ondulaient, il n'avait pas d'épi comme moi. Surtout il souriait.

Tu semblais toujours content, ce n'était pas mon cas…

Moi je n'étais jamais content. J'étais souvent le dernier en classe.

— La seule chose que j'avais de plus que toi, c'était treize mois.

— Est-ce que tu étais jaloux de moi ?

— Non je n'étais pas jaloux, mais j'aurais bien aimé être comme toi.

Moi sans cesse dévasté par les inquiétudes, j'aurais bien aimé avoir ton équilibre, ton sang-froid, ta placidité, ton optimisme.

Tu n'avais peur de rien, j'avais peur de tout.

Quand notre mère était en retard, tu analysais calmement les raisons possibles de son retard. Pour moi il n'y avait qu'une explication : elle était morte.

Je ne la reverrais plus jamais et je m'effondrais.

Mon petit frère n'était pas un trompe-la-mort, mais il n'avait pas peur, il avait une grande maîtrise de son imagination, il ne se laissait pas entraîner par elle.

Il racontait fièrement que, lors d'un voyage professionnel à Milan, il avait loupé le train de nuit, il avait dormi d'abord sur un banc de la gare, puis à la fermeture il avait terminé sa nuit dans un jardin public.

Tu as bien dormi, comme un bébé, tu n'as même pas fait de cauchemar.

Toute sa vie, dans les situations extrêmes, il a fait preuve d'un étonnant sang-froid.

Un sang-froid qu'on a quelquefois pris pour de l'indifférence.

Yves-Marie est rentré un jour chez lui couvert de boue des pieds à la tête, luisant comme un santon pas cuit.

Il revenait d'une partie de pêche dans les marais du château de Verveine à Condé, il s'était enlisé.

Il aurait pu y rester, le marais était profond, il ne s'est pas énervé, il n'a pas fait de mouvements désordonnés qui auraient accéléré l'enlisement, il a réfléchi, il a ouvert les bras, écarté les jambes pour offrir la plus grande surface et ralentir l'enlisement, il s'en était sorti.

— As-tu déjà eu des angoisses, petit frère ?

— Non jamais, des inquiétudes oui, souvent, mais je ne voulais pas le dire…

Ce n'est pas évident d'avoir un frère surdoué, on passe vite pour le sous-doué de la famille.

— Tu exagères, Jean-Louis, comme d'habitude, tu n'as jamais été pris pour un imbécile, il suffisait de t'écouter, personne n'a jamais pensé que tu étais bête, tu étais indiscipliné, tu ne travaillais pas régulièrement et tu avais des mauvaises notes. Mais tu avais de la fantaisie et beaucoup d'imagination.

— Merci, Yves-Marie, tu me rassures.

Tu as eu ton bac avant tout le monde, tu étais le plus jeune bachelier de la région.

Au journaliste de *La Voix du Nord* venu à la maison pour t'interviewer, tu n'as rien dit.

Moi je n'avais pas eu mon bac mais j'avais plein de choses à dire au journaliste. Il ne m'a rien demandé.

Toi, mon petit frère, tu étais premier en tout.

Tu as même été le premier à mourir, tu avais quatre-vingts ans.

Tu as dû aller au ciel direct, sans passer par la case purgatoire. Tu ne devais pas avoir de mauvaises pensées quand tu étais petit, moi j'en avais tout le temps. J'irai en enfer, bonne-maman l'a dit.

Tu es mort cinq jours devant Raymond Poulidor, l'éternel second qui n'aura jamais été premier…

On était des sportifs.

On a passé notre jeunesse sur des vélos.

On allait souvent à Thélus, à une dizaine de kilomètres d'Arras, voir nos vieilles tantes. Elles étaient des sœurs de notre grand-mère Delphine.

Il y avait la tante Constance, son mari s'appelait Aimable, il était aimable pour deux, elle était toujours triste et sa maison sombre. Celle qu'on préférait, c'était la tante Védastine.

Elle habitait une grande ferme avec son fils Théo, pleine d'animaux. Elle souriait toujours, elle ne pouvait plus marcher, elle restait assise toute la journée dans l'âtre, à côté du feu. Elle épluchait les légumes, elle plumait les poulets, elle raccommodait les chaussettes trouées, avec toujours le sourire.

Un jour, mon petit frère et moi, on a été au paradis.

C'était l'été dans le jardin de tante Védastine. Un jardin de campagne, pas très grand, avec des fleurs, des légumes, des fruits qui poussaient ensemble.

Les fruits nous ont fait penser au paradis. Des prunes, des groseilles, des abricots brillants et colorés, à portée de la main comme des cadeaux, on ne savait par quoi commencer.

Yves-Marie, vorace, a été le premier, il a d'abord croqué dans un abricot, tellement mûr qu'il lui a explosé dans la bouche en compote, fraîche comme un sorbet, le soleil n'avait pas eu le temps de le réchauffer et de sécher la rosée. Il en a dévoré un, puis deux, puis un troisième, puis un quatrième, puis... je n'ai pas compté.

Il s'est arrêté, il était pâle, l'abricotier était vide, sauf les branches du haut.

Après il a fait une grimace, puis il est parti en courant en se tenant le ventre vers le fond du jardin, là où il y avait une petite cabane.

Assis sur une planche trouée au-dessus d'un grand trou noir bourdonnant de mouches vertes, il a compris que le paradis, ça ne durait pas une éternité.

On a été bien tristes quand tante Védastine est morte, on a été la voir sur son lit de mort.

Elle était allongée sur un petit lit, très étroit, dans la salle à manger. Elle était toute petite sous le drap, on aurait dit qu'elle avait rétréci, sauf ses pieds. Ils faisaient, au bout du lit, comme une montagne.

Les volets étaient fermés, on avait mis un tissu pour cacher la glace. Il n'y avait qu'une bougie qui éclairait, on n'aurait pas pu lire, c'était pas grave pour tante Védastine, elle avait les yeux fermés.

Elle n'avait pas la même tête que d'habitude. Elle était très sérieuse, un peu jaune comme les mannequins du musée Grévin.

Elle ne souriait plus.

Maman nous a proposé de lui faire un baiser sur le front, je n'ai pas osé.

Yves-Marie a osé, il a dit: «Elle est froide comme un radiateur éteint.»

On revenait à Arras avec plein de cadeaux de la ferme, du beurre, des œufs, des légumes.

Au retour mon petit frère est tombé de vélo, il s'est relevé et il a mis ses mains dans les poches, les a ressorties, les a regardées.

Elles étaient jaunes et gluantes.

Les œufs, cadeau de la ferme, s'étaient cassés dans sa chute. Il s'est mis à pleurer.

Il ne pleurait pas parce qu'il s'était fait mal, il pleurait les œufs…

Tu n'étais pas douillet, tu ne voulais rien dire quand tu avais mal, c'était un secret. Les autres n'avaient pas à le savoir. Tes larmes, tu les gardais à l'intérieur.

Son fils Denis se souvient avoir failli recevoir de lui un coup de pied aux fesses à cause d'une bêtise qu'il avait faite mais Yves-Marie a loupé son coup.

Son pied a tapé violemment dans le mur, il s'est fait très mal. Il n'a rien dit.

Seulement « merde » tout bas.

Moi, souvent le dernier de la classe, je pense au jugement dernier, toujours avec beaucoup d'inquiétude. D'abord je n'aime pas qu'on me juge et je n'aime pas le mot dernier, après dernier il n'y a plus rien. Et surtout je pense au monde qu'on va trouver là-haut, ce jour-là.

Yves-Marie a calculé le nombre de personnes qui sont sous terre, il y en a bien plus qu'au-dessus, il en était à 64 688 314 milliards.

Je pense souvent à l'énorme colis qui est dans le jardin, j'ai la tentation de l'ouvrir.

Savoir ce qu'il y a dedans.

On a douze et treize ans, le coiffeur est venu à la maison pour raser papa. Habituellement papa se déplace.

Aujourd'hui il ne peut pas, il est mort.

Nous nous sommes mis dans un coin pour regarder le coiffeur au travail, c'est la première fois qu'on voit raser un mort.

Il met du savon dans un bol et il fait mousser. Avec un blaireau, il étale la mousse sur le visage de papa, qui ressemble au Père Noël, et il ouvre son grand rasoir.

Mon petit frère me dit que la barbe continue à pousser après la mort, je ne le crois pas.

— Tu aimais bien inventer des bêtises avec ton air sérieux…

— Je ne me souviens plus t'avoir dit ça.

— Cinquante ans plus tard on inventera un problème pour l'*Arithmétique impertinente* : quelle sera en 1993 la longueur en mètres de la barbe de la reine Victoria, morte en 1901 ?

— Ce dont je me souviens, c'est t'avoir dit que si j'avais été coiffeur, j'aurais préféré m'occuper des morts, on n'est pas obligé d'écouter leurs histoires et surtout de leur parler.

Classe de dixième, institution Saint-Joseph. Arras, 1944.

J'ai retrouvé une photo de la classe de dixième, nous étions tous les deux au premier rang à gauche, assis côte à côte.

La maîtresse s'appelait Mademoiselle Drouet.

Cinquante années plus tard, on arrivait encore, Yves-Marie et moi, à retrouver les noms de nos camarades de classe.

Il y avait Dartois, Claude Ledru, le fils du charcutier, Cahier, Patrick Mulle, Barré, Santune, Ricq, Jacques Cuvillon, le fils du notaire, Philippe Leclercq, Wintrebert, Victor, Simon. Vincent Brunel, autre fils de charcutier, on était à Arras, la patrie de l'andouillette.

S'ils sont encore de ce monde, ces gamins doivent être octogénaires...

Mon petit frère était le plus petit de la classe, pas le plus bête. Assis sur une chaise, ses pieds ne touchaient pas le sol, un crapaud sur une boîte d'allumettes.

Toute la famille était fière d'Yves-Marie, il était son honneur.

On demandait des nouvelles de ses études, jamais des miennes.

On disait : Jean-Louis, c'est pas pareil…

Comme je n'arrivais pas à me faire remarquer par des choses bien, comme Yves-Marie, je me faisais remarquer par mes bêtises pour faire rire mes camarades.

Là je n'étais pas le dernier.

Mon petit frère a toujours adoré les maths, il préférait les chiffres aux mots.

Il se méfiait des mots.

Parce que les mots changent de sens suivant le ton qu'on prend pour les dire.

Quand on le dit en riant, le mot beau veut dire moche, ça s'appelle l'ironie.

Avec les chiffres on ne peut pas faire la même chose, les chiffres ne changent jamais selon le ton.

Il aimait les chiffres.

Il savait compter mais pas conter fleurette.

Les maths étaient pour lui la seule science exacte.

Lorsqu'il a découvert Excel, et compris que le moindre problème de logique pouvait être sous forme d'un tableau Excel, il a tout transformé en tableau Excel.

Excel est devenu son peintre préféré.

Yves-Marie n'était pas seulement le fort en maths.

Il avait des bonnes notes en français, en latin.

C'était l'époque bénie où à l'école on apprenait encore le latin et le grec… on déclinait *rosa* et on donnait à la fille du cultivateur (*puella agricolae*) des roses (*rosas* à l'accusatif).

Nous nous entendions bien tous les deux, tu ne m'écrasais pas avec tes succès scolaires, tu m'aidais au contraire à résoudre mes problèmes de maths.

Nous nous aimions bien.

Il admirait mon culot, lui qui n'en avait pas. J'admirais sa vivacité d'esprit et son sang-froid.

À l'école nous chantions ensemble, on nous apprenait des cantiques et des chansons, je me souviens encore de « Vierge, notre espérance, étends sur nous ton bras, sauve, sauve la France »… et la chanson du Rhinocéros : « Dans les marais au frais, vêtu de cuir épais, c'est le rhino rhino rhino, céros céros céros, le rhino, si tu veux le voir, crains de recevoir, son coup de boutoir »…

Le professeur de chant, petit bonhomme irascible, s'appelait Lemaire, il était cruel, il nous donnait des coups de règle sur les doigts, à chaque fausse note, c'est rosse, c'est rosse, c'est rosse…

Prudent, Yves-Marie mettait ses moufles avant de chanter.

On faisait aussi partie de la chorale des louveteaux, on chantait « Le matin tout resplendit tout chante, le ciel flamboie… ». Les répétitions avaient lieu dans les sous-sols du palais Saint-Vaast, notre chef c'était l'abbé Blaire, nous étions dans le groupe des sopranos avec les jeannettes, certaines étaient très jolies. Je les regardais avec une faim de loup...

Mon petit frère semblait moins affamé.

Chaque année à Arras, le jour de la Fête-Dieu, il y avait une grande procession, beaucoup d'élèves de Saint-Jo défilaient, Yves-Marie et moi on faisait souvent partie du cortège, on était en enfants de chœur, avec une petite corbeille dans laquelle on puisait des pétales de rose qu'on jetait sur le Saint-Sacrement, après les avoir embrassés. Les pétales, on les avait ramassés dans le jardin de la rue de la Paix, au pied du vieux rosier de bonne-maman. Il devait avoir au moins cent ans, comme bonne-maman.

Yves-Marie, sept ans.

Il y avait aussi le cortège historique. Un mois avant, on distribuait les rôles, comme pour une pièce de théâtre. Je me souviens d'une année où maman nous a accompagnés chez l'organisatrice de la procession. Elle s'appelait Madame Tierny, elle avait un chignon gris, était habillée en noir, elle était très distinguée et ne riait pas beaucoup. Cette année-là elle cherchait un petit Jésus et des anges. Elle s'est intéressée tout de suite à Yves-Marie, elle a vu qu'elle pourrait en faire un Jésus. On allait lui mettre une robe blanche, un agneau dans les bras et une auréole dans les cheveux.

Pendant que mon petit frère devenait le petit Jésus, j'aurais voulu devenir le diable.

Quand Madame Tierny en a eu fini avec le petit Jésus, elle s'est enfin rendu compte de ma présence, elle m'a regardé longuement, elle a simplement dit : « Avec lui, ça va être plus difficile. » C'est vrai j'avais pas une tête de Jésus.

Elle m'a tripoté les cheveux, elle a essayé d'aplatir mon épi rebelle, elle a dit à maman : « Faudrait lui frisotter tout ça. On va essayer d'en faire un ange… »

Yves-Marie riait aux anges.

Jean-Louis, huit ans.

Nous avons passé notre enfance dans une odeur de sainteté et d'encens.

Notre grand-mère, bonne-maman d'Arras, était bigote, elle nous décrivait l'enfer avec des images de cauchemar, des diables poilus armés de fourche nous poussaient dans une grande marmite remplie d'huile bouillante.

Pour éviter ces supplices, chaque jour après le dîner, il y avait la prière du soir dans la cuisine.

On retournait les chaises, on se mettait à genoux devant, comme sur des prie-Dieu, on éteignait la lumière, on mettait la tête dans nos mains, on faisait semblant de prier.

Yves-Marie et moi, on profitait de l'obscurité pour faire des bêtises, on poussait des cris d'animaux, notre grand jeu était de se piquer les fesses avec des épingles.

Jésus venait parfois à la maison.

Quand bonne-maman était souffrante, le chanoine Vittel lui apportait la communion à domicile. Il portait Jésus dans un sac banane en fil doré qu'il avait à la taille. Si on le croisait dans la maison on était obligé de se mettre à genoux et de faire le signe de croix.

Nos professeurs à Saint-Joseph étaient des prêtres. Dans notre maison, rue de la Paix, il y avait dans chaque pièce un Jésus qui sanguinolait sur sa croix, crucifié pour avoir racheté nos péchés.

Nous habitions entre deux couvents, les sœurs de la Providence, et les sœurs missionnaires du Saint-Esprit. Sœur Edmonde, sœur Samuel, et sœur Véronique qui faisait des tartes. Dans une rue, plus bas, il y avait le couvent des Clarisses, c'étaient des religieuses qui n'avaient pas de chaussettes, elles étaient pieds nus dans des nu-pieds.

Un jour bonne-maman a acheté à ses amies religieuses une boîte de marrons glacés. En attendant Noël, elle l'a rangée tout en haut de l'armoire de sa chambre, à cause des souris.

À Noël, elle l'a sortie pour y mettre une enveloppe avec de l'argent. Dans la boîte, il n'y avait plus de marrons glacés, à la place, dans les papillotes, des marrons d'Inde brillaient.

Bonne-maman ne comprenait pas. Yves-Marie lui a dit : « Ne cherche pas à comprendre, bonne-maman, c'est un mystère, comme il y en a beaucoup dans la religion. »

Le parc des religieuses du Saint-Esprit était notre paradis, on y jouait à cache-cache, on y campait, on faisait des courses de vélo dans les allées.

On mettait des cartons devant les rayons des roues pour faire le bruit d'une moto.

On a souvent failli écraser des religieuses.

— Tu n'oses pas dire, Jean-Louis, que tu avais une carabine 9 mm. Et que tu tuais des oiseaux.

— Je ne le dis pas parce que j'ai honte.

Le parc était à côté de la prison. En montant dans un grand sapin, on pouvait voir les lucarnes de la prison par-dessus le mur, on faisait des signes aux prisonniers. Yves-Marie en avait repéré un qui tendait les mains, il les fermait et les ouvrait. Yves-Marie avait compris qu'il nous indiquait le nombre de jours qu'il lui restait encore à faire.

Une fois, il a ouvert et refermé dix fois ses mains, on a compris qu'il lui restait cent jours avant la quille.

La kermesse des sœurs du Saint-Esprit était un grand jour pour nous, le parc était ouvert à tout le monde, il y avait des stands et une scène.

Une année, on avait été engagés, Yves-Marie et moi, pour faire un spectacle avec deux filles, l'une était blonde, elle s'appelait Catherine, l'autre était brune, elle s'appelait Annette. Elles étaient habillées en sœurs missionnaires, nous en petits Africains. Elles nous évangélisaient, elles nous parlaient de Jésus, pour nous le faire aimer.

Nous sommes tombés amoureux, pas de Jésus mais des petites religieuses, moi d'Annette, Yves-Marie de Catherine. Il ne le disait pas, mais je le sentais.

— Pourquoi tu racontes tout ça, s'est brutalement manifesté Yves-Marie dans un gros nuage noir, les gens n'ont pas à le savoir, c'est personnel. Imagine que Catherine lise ton livre.

— Ce ne serait pas dramatique, elle doit avoir quatre-vingts ans comme toi, elle serait flattée.

Ses relations avec les filles étaient mystérieuses, ma mère pensait qu'il était souvent amoureux de mes amoureuses.

Il devait être amoureux en secret…

Photo de communion solennelle.

Quand on a eu sept et huit ans, on nous a mis Jésus dans le bec, c'était la communion privée.

Quatre ans après, nous avons fait ensemble notre communion solennelle. Dans la cathédrale d'Arras, nous avons renoncé à Satan, à ses œuvres et à ses pompes.

Personne n'avait pensé à nous expliquer ce qu'étaient les pompes de Satan.

Plus tard, quand Satan a fait briller ses pompes, on s'est demandé si on n'avait pas renoncé un peu à la légère.

— Moi, je savais ce que c'étaient les pompes, me dit Yves-Marie, je n'ai pas voulu te le dire, j'avais peur que tu ne veuilles pas renoncer et que tu gâches la fête.

Maman avait organisé un grand repas pour toute la famille, on a eu des cadeaux. Ça a été une belle journée, on avait un costume neuf, et une montre phosphorescente.

Papa, il n'est pas venu à la messe, il a fait une apparition à la fin du repas, un peu étrange et distant, l'air lointain. On aurait dit Mermoz après la traversée de la cordillère des Andes.

Il ne s'est pas occupé de nous.

Et Dieu dans tout ça ?

Comme disait Chancel à la fin de ses radioscopies.

— Je n'étais pas croyant, j'étais tolérant, a répondu Yves-Marie.

— Pourquoi as-tu commencé une église, minutieusement réalisée avec de minuscules morceaux de bois ? Tu avais beaucoup de patience, une patience d'ange…

Tu voulais assurer ta place au paradis ?

Hélas tu n'as pas eu le temps de la terminer...

Maquette faite par Yves-Marie.

Yves-Marie n'était pas seulement un intellectuel, il aimait le concret, « mettre les mains dans le cambouis et à la pâte », il aimait faire la cuisine. Bricoler, il fabriquait pour les poupées de ses petites filles, d'adorables petits meubles en bois.

Chaque fois que je suis dans le jardin, je suis obligé de penser au colis. Il y a souvent des pigeons dessus.

Qu'est-ce qu'il y a dedans ? C'est peut-être un cadeau, le cadeau d'un lecteur…

En attendant, le transporteur n'est toujours pas venu le récupérer.

Pour Noël, nous avions souvent des livres, des Tintin.

Je me souviens d'une année, Yves-Marie a eu *Tintin en Amérique* et moi *L'Étoile mystérieuse.* Après les avoir lus, on les a échangés.

Je préférais *Tintin en Amérique.*

On lisait aussi des livres sans images, les aventures de Biggles, un héros américain, écrit par Captain William Earl Johns.

Plus tard, nous avons lu des livres que nous conseillait notre mère qui avait été prof de lettres. Stendhal, François Mauriac, Maxence Van der Meersch, Alphonse Daudet…

On connaissait par cœur « Le curé de Cucugnan ».

Notre grand-père paternel Louis est mort à la guerre 14-18, il avait vingt-quatre ans, il n'a jamais vu son fils Paul, notre père (qui n'est pas aux cieux).

Yves-Marie et moi, on a connu la fin de la guerre 40.

Les réveils la nuit, les alertes, les sirènes, les descentes à la cave.

Les caves communiquaient entre elles, on retrouvait les voisins mal réveillés, avec des manteaux sur leurs pyjamas et des couvertures sur la tête.

Bonne-maman récitait son chapelet tout haut. Elle demandait au petit Jésus de ne pas faire tomber des bombes sur sa maison, sur les autres c'était moins grave.

Le petit Jésus a écouté ses prières, il n'y a jamais eu de bombe sur la maison, les aviateurs devaient avoir des consignes qui venaient du Très-Haut.

Heureusement pour papa. Lui, il restait dans sa chambre. Il disait qu'un capitaine devait être sur le pont du navire, surtout lors des tempêtes. Il se prenait pour le capitaine Haddock.

Il n'avait peur de rien, notre papa, il s'en foutait des bombes, il n'avait pas peur de mourir.

Il s'était condamné à mort avec son alcool et son tabac…

À la Libération, on a acclamé les soldats américains qui traversaient Arras, ils sont passés rue d'Amiens, en bas de la rue de la Paix, ils venaient nous sauver.

Ce jour-là, dans la cave où toute la famille était réunie, tante Julie a partagé une plaque de chocolat qu'elle gardait précieusement pour les grandes occasions.

Les soldats américains nous donnaient du chewing-gum, qui est devenu à la mode.

On s'est mis à parler anglais. Toutes les cinq minutes, on leur demandait « *What time is it?* »

Un moment, on a voulu être soldats américains…

Yves-Marie aimait bien dire des bêtises. Un jour, pour rire, il a dit à ma mère : « Il y a un soldat avec un fusil à la porte de la maison. » Elle lui a répondu : « C'est pas possible. »

Il lui a fait le coup plusieurs fois, c'était devenu un running gag, ma mère jouait le jeu en répétant : « C'est pas possible. »

Un jour, elle n'a pas répondu, Yves-Marie, déçu, lui a dit : « Pourquoi tu ne dis pas : "C'est pas possible" ? »

Même dans les plaisanteries, il avait besoin de rigueur.

Yves-Marie a été soldat en Algérie pendant son service militaire, il y a chopé un virus qui lui provoquait épisodiquement des crises de dysenterie, elles l'obligeaient à rejoindre toutes affaires cessantes, et rapidement les latrines.

Ça lui avait valu le surnom de « petit bolide ».

— Pourquoi tu racontes tout ça ? Pour faire rire tes lecteurs, tu trouves ça drôle ?

Nous avons été invités, mon petit frère et moi, à un goûter costumé chez le docteur Tierny. Maman, qui avait toujours des soucis d'argent, ne pouvait pas acheter ou louer des costumes. Les sœurs du Saint-Esprit ont fabriqué pour nous des costumes d'Indiens, très beaux, une chemise vert et rouge et un pantalon noir, on était maquillés et on avait des plumes sur la tête.

Lors du goûter, Yves-Marie a fait la connaissance d'un clochard qui l'amusait beaucoup.

Moi, j'avais repéré tout de suite une marquise du XVIIe, elle était charmante, j'ai voulu l'approcher pour lui parler. Apparemment elle n'aimait pas les Indiens.

Nous allions parfois en vacances, mon petit frère et moi, chez marraine Gabrielle, c'était dans les mines à Vermelles, près des terrils.

On s'y ennuyait beaucoup.

Pour se distraire, on se mettait à la fenêtre et on comptait les wagonnets qui montaient sur chaque terril, on gagnait quand on avait choisi celui où il y en avait le plus.

On a appris aussi à tricoter.

On a appris le point le plus simple, le point mousse.

On faisait des carrés qui servaient de lavettes.

C'était une époque où les femmes écoutaient la radio en tricotant.

Les grands-mères nous tricotaient des caleçons dont on avait honte. Quand elles arrêtaient un moment de tricoter, elles piquaient leurs aiguilles à tricoter dans leur chignon, et nous racontaient des histoires.

C'était bien, le passé, on pouvait se parler.

On n'avait pas d'écouteurs sur les oreilles.

À onze et douze ans, mon petit frère et moi on a voulu construire un phonographe à cylindre. On avait appris que les premiers enregistreurs étaient à cylindre, le son se gravait dans la cire, avec une aiguille.

On a essayé de faire un cylindre en cire, on a pris une boîte de conserve cylindrique, on l'a recouverte de cire fondue avec une bougie. Les difficultés sont arrivées quand il a fallu trouver un micro avec un graveur.

On a laissé tomber.

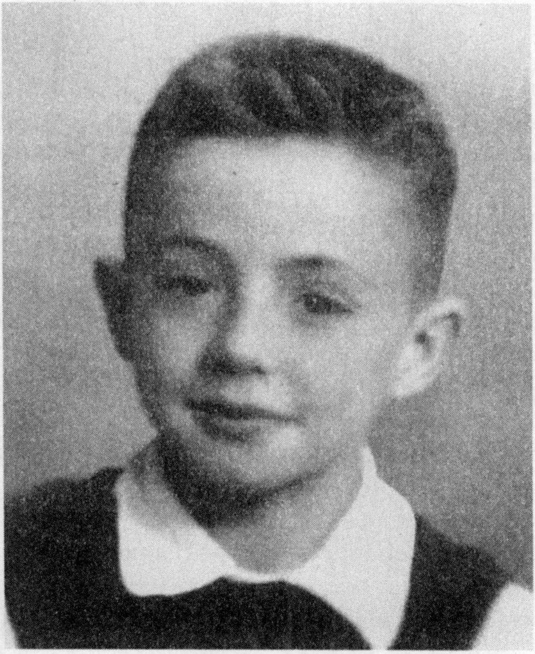

Yves-Marie, onze ans.

Un jour on nous a prêté un tourne-disque. Avec Yves-Marie, on a voulu le brancher sur le poste. On ne savait pas très bien comment faire. On a mis les fiches dans les prises, un peu au hasard. Puis on a allumé le poste de radio qui était tout neuf et on a mis en route le tourne-disque. On n'a rien entendu, mais très vite, on a senti une odeur de brûlé, il y a eu de la fumée. On a vu des flammes dans le cadran du poste, Moscou, Beromünster, Monte Ceneri, Sottens, Droitwich brûlaient, c'était la fin du monde.

On est allés dans la cuisine.

On a rempli des casseroles d'eau et on les a versées dans le poste. Il a fallu beaucoup de casseroles pour éteindre les flammes.

Quand maman est rentrée, on n'a pas eu besoin de lui dire, il y avait l'odeur. Elle a vu le poste qui fumait, un poste acheté à crédit, qui n'était pas entièrement payé.

Une année, Arras s'est recouvert de neige, on voyait des skieurs accrochés à des voitures, qui circulaient dans la rue, on les enviait. On a demandé à maman de nous acheter des skis.

Notre mère avait d'autres priorités.

On a décidé de faire des skis nous-mêmes, on a trouvé de vieilles lattes de parquet, il fallait les courber, on nous a appris qu'il fallait pour ça les mettre dans l'eau bouillante.

On a fait chauffer de l'eau dans une lessiveuse, et on a trempé nos planches en essayant de les tordre. Ça n'a pas marché, on a laissé tomber.

On adorait le mécano, on fabriquait toutes sortes de choses, des grues, des voitures. Yves-Marie réussissait des choses compliquées avec un moteur électrique, moi c'était plus simple, j'ai fait une brouette.

On a eu un projet de grande envergure : un hélicoptère. On voulait aller au ciel, pas seulement notre âme, mais notre corps aussi.

Pour ne pas faire peur aux oiseaux, il serait silencieux, il serait à pédales.

On a fait des dessins, et une maquette, ça a duré longtemps, mais on a été pris par les examens de passage, on a dû abandonner le projet. L'hélicoptère n'a jamais décollé, il est resté collé sur le papier.

Yves-Marie n'a plus besoin d'hélicoptère. Il sait maintenant si, au-dessus des nuages, le ciel est toujours bleu.

Yves-Marie n'aimait pas les conflits, il était patient, paisible, pacifique… Il aimait les P et la Paix.

Avec Prévert, il disait : « Quelle connerie la guerre. »

J'étais la mer déchaînée sur la côte sauvage de Quiberon.

Il était le lac Léman par temps calme.

Il aimait la pêche.

« On se levait avant le jour, pour être au bord de l'eau dès l'aube. On passait des heures assis à attendre dans la brume, en silence, raconte son fils Benoît.

Les moments où j'ai ressenti le plus de complicité avec lui, c'était quand nous échangions un regard.

Nous communiquions par le silence. Ça arrivait assez souvent à mesure que nous progressions en âge lui et moi. »

Il était, comme on disait dans les campagnes, un taiseux.

Il aimait les animaux, peut-être parce qu'ils se taisent et qu'on n'est pas obligé de leur parler.

Il aimait bien le poisson cuit, il savait le préparer.

Ma sœur Catherine se souvient :

« Il nous a reçus, Francis et moi, chez lui, sa femme Michèle n'était pas là.

Il avait cuisiné savamment une carpe qu'il avait pêchée. Il nous a donné des conseils pour bien cuire un poisson. Il en parlait avec amour, ses yeux brillaient.

Il avait été très bavard ce jour-là… »

Il aimait bien les carpes.

Peut-être parce qu'elles sont muettes…

Le colis du jardin me hante, qu'est-ce qu'il y a dedans ?

Yves-Marie avait peur des chiens qui aboient et des téléphones qui sonnent.

Il avait une relation difficile avec le téléphone, parce qu'au téléphone il faut parler.

Il appelait très rarement.

Il n'était pas indifférent aux autres, il était capable de rendre service. Quand on avait des ennuis on pouvait compter sur lui, il était capable de donner son temps et son argent pour aider les autres. Il a eu des responsabilités à ATD Quart Monde.

— Pourquoi tu racontes tout ça ? Les autres n'ont pas à le savoir. Tu veux me cirer les pompes ?

Toi, évidemment, chaque fois que tu fais quelque chose, bien ou mal, tu le clames sur tous les toits. Quand tu es malheureux, il faut que tous les drapeaux du monde soient mis en berne. Quand tu es heureux, il faut que les gens dansent dans la rue, que la terre entière le sache.

C'est certainement pour ça que tu écris et que tu es ravi d'être traduit à l'étranger.

Tu penses que la terre entière s'intéresse à toi.

Moi, c'est le contraire, je m'intéresse à la terre mais je ne souhaite pas qu'elle s'intéresse à moi, je veux qu'on me laisse tranquille, qu'on fasse comme si je n'étais pas là.

Je n'aime pas être exposé, parce que dans exposer il y a oser.

Quand je vois Johnny Hallyday étouffé par ses fans, je le plains.

Moi j'ai de la chance, j'ai pas de fans.

Yves-Marie avait une vieille Volvo, elle était grise, moi je roulais dans un Karman Ghia rouge vif.

Je voulais être remarqué.

Son but à lui était de passer inaperçu. Il avait des voitures utilitaires, des R 12 breaks.

À son enterrement, un de ses amis a parlé de ses voitures en disant pour rire que c'étaient des invendus de Renault…

Quand on était petits, notre père organisait un jeu comme à la radio, on jouait à Monsieur Champagne.

Il nous faisait asseoir autour de la table de la cuisine, et il plaçait devant lui des piles de pièces de monnaie. Puis il nous posait des questions, sur tous les sujets, histoire, géographie, sport…

Yves-Marie avait compris que la plupart du temps, papa ne connaissait pas les réponses. Il fallait répondre vite n'importe quoi, mais avec assurance et sans hésitation.

C'était une course de vitesse.

Je me souviens, une fois papa avait demandé la date de la bataille de Marignan, je connaissais la réponse mais Yves-Marie a été plus rapide, il a dit : « 203 comme la Peugeot », pour rigoler. Papa il lui a dit : « Bravo ! »

Moi j'ai dit : « Non, c'est 1515. » Papa il m'a dit : « Toi, t'es jamais content », et il a donné les pièces à Yves-Marie, c'était son chouchou…

On a tous les deux voulu être médecins.

Yves-Marie voulait soigner les gens, comprendre ce qu'il y avait à l'intérieur, comment ça marchait.

Moi, c'était pour voir des filles toutes nues, j'aimais bien jouer au docteur avec mes cousines.

Quand il a annoncé à notre mère qu'il voulait être médecin, elle lui a déconseillé. Femme de médecin, elle savait qu'à l'époque, époque bénie où on pouvait appeler le médecin la nuit, il se déplaçait pour soigner des malades, et passait souvent des nuits blanches.

Yves-Marie, dix-sept ans.

Yves-Marie n'aurait jamais pu.

Il aimait trop dormir.

Je l'aurais bien vu en médecin, un médecin de campagne rassurant, comme devait être notre père, mais sa voie était tracée ailleurs, il était fort en maths, il ferait des maths, on ne lui a pas demandé son avis, et comme il ne voulait pas d'histoires, il n'a rien dit, il a préparé l'entrée dans les grandes écoles. Il s'est retrouvé à Lille au lycée Faidherbe, en maths sup, en maths spé. Il a eu comme professeur de lettres Jean-François Revel qui lui a mis un 19/20 à un devoir où en une page il avait détourné avec humour un sujet qui ne l'inspirait pas.

Yves-Marie a été reçu à Polytechnique.

À quarante-cinq ans, alors qu'il était ingénieur, il a eu envie de reprendre des études de médecine.

Sa femme a eu du mal à le dissuader, elle ne se voyait pas avec ses enfants et un mari étudiant en médecine. Malgré sa tête bien rangée, Yves-Marie pouvait être un peu fou.

Polytechnicien, il aurait pu finir général, même président de la République…

Il n'aimait pas les honneurs, il n'a jamais eu la Légion d'honneur, mais il la méritait.

Je la lui donne à titre posthume.

Yves-Marie a été ma caution scientifique pour mon *Arithmétique impertinente*.

Il m'a aidé à calculer le poids du cerveau d'un imbécile, le temps que met une Bretonne à plumer un ange et le tarif de l'envoi en recommandé d'une âme au ciel…

Au début du livre, j'ai écrit :

« L'arithmétique appliquée et impertinente vous donne des faux problèmes mais des solutions justes.

Les solutions justes, c'est mon frère Yves-Marie, polytechnicien, qui les a trouvées... »

J'ai toujours été fier de dire que mon frère était polytechnicien.

Yves-Marie a défilé pour le 14 Juillet, sur les Champs-Élysées, avec les polytechniciens, j'étais sur le trottoir pour le regarder passer, j'étais fier.

Après le défilé, j'ai promené mon frère partout dans Paris, je voulais qu'on me voie à côté d'un polytechnicien.

Je suis sûr que les gens se doutaient que j'étais son frère, ils ne me regardaient pas comme d'habitude, il y avait du respect et de l'admiration dans leurs yeux. Ils devaient se dire : un frère de polytechnicien, ça ne doit pas être n'importe qui…

Yves-Marie, dix-neuf ans.

Le jour de mon premier mariage, j'ai demandé à mon frère de mettre son uniforme de polytechnicien, c'était à la campagne dans le Pas-de-Calais.

Le vin d'honneur a eu lieu dans un pré, on a bu de l'hydromel, trop, mon frère s'est allongé dans l'herbe, il avait dégrafé le col de son uniforme et s'est endormi.

Il avait l'air d'un douanier en goguette.

— T'étais pas obligé de l'écrire, a remarqué Yves-Marie.

Dans le salon de la maison de la rue de la Paix, l'ancien cabinet médical, il y avait sur le mur deux photos, les deux fils aînés.

L'un est en polytechnicien, il est grave et sérieux, l'autre est dans les bois, ni grave ni sérieux, il conte fleurette à sa fiancée.

Il y a vingt ans, quand Catherine, notre sœur, a appris à Yves-Marie la mort de notre mère, il a éclaté en sanglots.

Il avait soixante ans.

On le croyait insensible.

Dans la famille, on avait décidé une fois pour toutes que le grand était sensible, pas le petit.

— Tu te souviens, Yves-Marie, quand on jouait au jeu de la sensibilité.

J'avais inventé le test du buvard.

On s'asseyait tous les deux devant une table sur laquelle on avait posé à plat deux feuilles de buvard. Maman nous lisait une histoire très triste.

Je me souviens de celle du petit garçon dont la mère est morte et qui s'est caché dans son cercueil, parce qu'il ne voulait pas la quitter.

Après la lecture, on mesurait sur chaque feuille de buvard la surface de la tache faite par nos larmes.

Celui qui est devant la tache la plus grande est déclaré le plus sensible. J'avais gagné, ma tache était la plus grande.

Toi, ton buvard était sec, il n'y avait pas de tache.

Tu avais remarqué avec justesse, et mathématiquement, qu'au lieu d'un mort ça faisait deux morts, tu as dit : mauvais calcul.

— J'avais raison, moi je m'en foutais d'être plus ou moins sensible, c'étaient mes oignons.

Toi Jean-Louis, tu gagnais toujours, je suis sûr que t'avais un oignon dans ta poche.

— Pas du tout j'avais un gros cœur, on a cru un moment que j'avais un souffle au cœur.

Yves-Marie a toujours eu des relations difficiles avec notre mère.

Il ne savait pas dire maman. Quand on lui a demandé comment il appelait sa mère, il a répondu : « Je ne l'appelle pas. »

Elle était souvent maladroite avec lui. Elle lui reprochait devant tout le monde d'être timide, de ne pas parler. La meilleure façon pour le faire taire définitivement.

Elle a entrepris un voyage avec Yves-Marie dans une Fiat 500 qu'elle venait de s'acheter. Je lui ai demandé comment ça s'était passé.

« Tu connais ton frère, il n'est pas bavard, il parlait seulement à table quand il avait bu un verre de vin. »

Un jour, il m'a accompagné chez des gens à la campagne où je venais chercher un chat que j'avais adopté, raconte son fils Benoît. J'ai fait la conversation avec les gens, je leur ai expliqué que le chat ne serait pas malheureux à Paris, j'avais un jardin, il aurait des copains, il pourrait s'amuser.

Pendant la conversation, Yves-Marie est resté dans un coin, sans rien dire. Quand on est reparti, il m'a dit : « Chapeau, je t'ai trouvé très à l'aise. »

Tout ça parce que j'avais fait la conversation avec des gens très simples. Lui qui avait dirigé des centaines d'ingénieurs-conseils, qui mettaient sur pied des plans d'optimisation dans des grandes entreprises, il était intimidé devant un couple de retraités de la campagne.

Il était impressionné devant des gens pas du tout impressionnants.

Je me souviens du jour de mon mariage, quand je lui ai présenté mon ami Desproges, j'ai cru voir ses mains trembler.

Si c'était un son, il aurait été un silence avec un sourire.

Quand on lui demandait ce qu'il faisait dans la vie, Yves-Marie répondait : je suis ingénieur.

Il n'ajoutait pas, comme les frères Jacques dans leur chanson *La Marie-Joseph* : « Je suis ingénieur, laissez-moi commander… »

Son désir profond n'était pas de commander, mais de comprendre, tout comprendre, comprendre le monde.

Comme écrivait le philosophe Spinoza : « Ni rire, ni pleurer, ni haïr, mais comprendre. »

Yves aimait rire, il avait un goût particulier pour les jeux de mots ringards. À son petit-fils Clément qui cherchait dans la cuisine où était une sauce, il avait dit : « Regarde dans le frigidaire, là où les sauc-issons… »

Il voulait avant tout savoir ce qu'il y avait à l'intérieur des boîtes fermées.

Un jour, il a ouvert un disque dur qui fonctionnait pour savoir ce qu'il y avait dedans. Son fils Denis se souvient qu'au moment de le refermer il a éternué dedans, ça n'a pas empêché le disque de fonctionner quelques années encore...

Son intérêt pour la médecine témoigne aussi de cette curiosité. Il était curieux de tout ce qui se passait à l'intérieur d'un corps, il voulait comprendre, il devait penser qu'il y avait une explication à tout.

Son beau-fils Laurent l'admirait : « Il était méthodique et pédagogue, j'aimais sa façon d'expliquer les choses, de poser les problèmes, d'envisager les hypothèses, de trouver la solution. »

En revanche, toi, Yves-Marie le curieux, tu ne souhaitais pas qu'on soit curieux de toi, qu'on ouvre ta boîte et qu'on sache ce que tu cachais à l'intérieur.

Après avoir lu par-dessus mon épaule, Yves-Marie a ajouté : « Les gens n'ont pas à savoir ce que tu penses d'eux. Ce n'est pas de l'hypocrisie, c'est de la politesse. »

Si c'était un meuble, quel meuble aurait-il été ?

Peut-être un secrétaire Empire en acajou foncé.

Avec plein de secrets, fermé à clé, défense d'entrer.

Le colis est toujours là, pas de nouvelles du transporteur, des pigeons commencent à faire un nid dessus. J'ai la tentation de l'ouvrir…

Yves-Marie et moi ne parlions jamais d'argent ensemble, notre enfance avait été marquée par le manque d'argent, notre mère courage avait à charge trois enfants et un adulte, notre père, dépensier, mais qui ne gagnait pas d'argent et donnait souvent des soins bénévolement.

Il était généreux avec ses clients, moins avec sa famille.

Notre père ne comprenait pas pourquoi il fallait toujours nous acheter des vêtements, maman voulait qu'on soit bien habillés mais c'était dur, papa ne lui donnait pas d'argent.

Nos vêtements, c'était souvent des vêtements faits par des gens de la famille, moins bien que les vêtements des magasins.

Yves-Marie s'en foutait, moi j'avais peur d'être moche.

Je me souviens de canadiennes faites maison, pas très bien coupées, on a dû les garder plusieurs hivers, elles étaient chaudes.

On avait aussi des galoches avec des semelles en bois, ça faisait beaucoup de bruit quand on marchait.

Au début on était gênés, après on courait pour faire le plus de bruit possible.

C'était maman qui réparait nos chaussures, elle avait un pied de fer à la maison.

Il y avait surtout les caleçons, tricotés à la main, on avait honte de les montrer à la visite médicale de l'école. Yves-Marie et moi, nous rêvions de slips kangourou.

Je me souviens d'un camarade de l'école, il s'appelait Philippe, un jour il m'a dit que pour des enfants de docteur on n'était pas bien habillés.

Le pire, ce fut le jour de la fête de l'école, la maîtresse est venue vers nous, pas contente, elle a dit : « Les Fournier, je vous avais demandé de vous mettre en dimanche. »

On n'a pas osé répondre qu'on était en dimanche…

Maman se débrouillait toujours pour qu'on puisse aller en vacances, sauf une fois, elle n'avait plus d'argent pour payer un camp de louveteaux, mais on ne pouvait pas le dire, parce qu'on était les enfants du docteur, les gens n'auraient pas compris. Maman a dû mentir à la cheftaine, elle a inventé qu'on était invités dans la famille. Pendant les quinze jours qu'a duré le camp, il ne fallait pas que les gens du quartier nous voient. On ne sortait que le soir et on se cachait quand quelqu'un arrivait.

C'était un vrai jeu de cache-cache, Yves-Marie s'était déguisé, il avait mis un vieux chapeau. On s'est bien amusés.

Yves-Marie n'était ni soigneux ni soigné, il avait souvent des taches sur ses vêtements. Il n'avait jamais de chaussures neuves. Ses bottines, c'étaient les miennes devenues trop petites pour moi.

Ça ne le gênait pas.

À la différence de moi qui passais beaucoup de temps devant la glace et qui faisais son chiqué, il n'était pas coquet, il ne cherchait pas à plaire, il plaisait.

Après son mariage, il a semblé se soucier de ses tenues, il portait souvent des vêtements confortables et élégants, influence de sa femme ?

Un jour où il devait présider une réunion de direction en banlieue, il avait particulièrement soigné sa tenue, il s'était fait beau, il avait mis une jolie veste en tweed, un pantalon en flanelle gris et surtout des superbes chaussures, des Church's, elles brillaient.

Il devait rentrer dans l'après-midi.

Il est rentré à la tombée de la nuit.

Ce n'était plus l'élégant monsieur du matin, mais un chasseur après une battue, la veste de tweed était fripée, sa cravate était dans sa poche, le bas du pantalon était trempé et les Church's, maculées de boue et de feuilles mortes, ne brillaient plus.

Il a sorti fièrement des poches de sa belle veste plusieurs poignées de champignons qu'il a jetées sur la table.

Cette anecdote vécue par sa fille Anne m'a tout de suite fait penser à la nouvelle d'Alphonse Daudet, « Le sous-préfet aux champs ».

Il aimait bien nous apprendre des choses, partager son savoir. Il connaissait bien les champignons.

Grâce à lui, ses enfants sont devenus un peu mycologues.

Ils ne feront jamais d'omelettes aux amanites phalloïdes.

Je suis dans le jardin devant la boîte.

C'est peut-être une machine infernale, il y a peut-être une bombe à retardement dedans.

J'ai la tentation d'écouter s'il y a du bruit à l'intérieur.

Elle va exploser et m'envoyer au ciel.

J'ai écrit quatre-vingts pages…

Je n'ai plus d'idées, plus de souvenirs.

Je souffle avec un sèche-cheveux sur ma vieille tête pour ranimer le feu. Des zones rougeoient. Il n'est peut-être pas complètement éteint ?

Je suis en train de connaître la grande détresse de celui qui, trop vieux, n'a plus personne avec qui évoquer des souvenirs communs. Plus personne à qui pouvoir demander : tu te souviens ?

Je dois me souvenir seul...

File-moi un coup de main, Yves-Marie, t'avais promis de m'aider !

— Pourquoi tu te plains toujours, Jean-Louis, avec toi les choses ne sont jamais simples, elles sont toujours dramatiques, tu es toujours dans l'émotion et dans le sentiment, sers-toi plus de ton intelligence. Je suis là pour t'aider.

Rappelle-toi les problèmes d'arithmétique quand on avait sept ans…

Yves-Marie avait une étonnante mémoire, il connaissait les dates des batailles de Napoléon, les vainqueurs du Tour de France, les dates de naissance de toute la famille…

Un jour, je me souviens de l'avoir appelé, j'avais oublié ma date de naissance.

Grâce à lui, nous avons appris que nous étions des lointains parents de Robespierre et que le poète Verlaine avait habité notre maison à Arras.

À la retraite, il a continué l'arbre généalogique que son fils Denis avait vaguement commencé en s'appuyant sur les travaux d'un cousin, Thierry.

Il l'a enrichi pendant presque vingt ans d'une façon étonnante, écrivant aux mairies, à l'état civil… pour avoir des informations. Denis a récupéré son travail et l'a complété avec les dates de décès... Cet arbre comporte 11 566 noms. Le plus ancien, Laurent Wagon dit Hauwel, est né en 1180 et mort à Arras en 1243.

Quand je le regarde, je me demande s'il y a des Fournier de ma famille et de mon âge que je ne connais pas.

En perdant Yves-Marie, nous avons perdu notre mémoire. Maintenant on va devoir se souvenir seuls...

« Il m'a aidé à finir mon mémoire de diplôme d'architecte. J'avais fait beaucoup de recherches, il en résultait deux cents pages sans organisation apparente, un vrai foutoir, se souvient son fils Benoît.

Il a tout organisé, fait des chapitres, des sous-chapitres, des introductions, des conclusions. À mesure qu'il avançait dans la lecture, il me disait : "Mais en fait, tout était déjà organisé, logique, hiérarchisé, il fallait juste mettre des titres, séparer les blocs de texte."

J'étais fier de son étonnement devant ma rigueur cachée. »

Ce matin, nous sommes arrivés en retard à l'école, la porte est fermée. On va devoir sonner pour entrer…

Yves-Marie est d'avis de sonner.

Je n'ose pas, j'ai peur d'une punition.

J'ai une idée plus risquée.

On va attendre midi, la sortie de l'école, je ne demande pas l'avis d'Yves-Marie, il est toujours d'accord.

On décide de s'installer à proximité, place du Théâtre, on s'assoit sur le trottoir devant le théâtre.

Il y a une grande horloge au-dessus de la façade. On va attendre midi.

Les choses ne se passent pas comme on l'avait imaginé.

Notre mère a été prévenue par l'institution que les petits Fournier étaient absents. Branle-bas de combat. On va les chercher dans Arras.

On les trouve. L'oncle Théodore qui avait une grosse moustache blanche et une grosse moto noire, nous a découverts, maman est rassurée.

Yves-Marie n'a pas dit que c'était moi qui avais eu l'idée de cette école buissonnière. Le supérieur de Saint-Jo veut nous punir d'une façon exemplaire : une journée au pain sec.

C'est long une journée, surtout quand le pain est sec et qu'il n'y a pas de beurre dessus.

Le jeudi, on déjeunait chez bonne-maman de Lille.

On avait deux bonnes-mamans, bonne-maman d'Arras, la mère de maman, on logeait dans sa maison, rue de la Paix, et bonne-maman de Lille, la mère de papa, elle habitait rue de Jérusalem à Arras.

Elle nous faisait des crépinettes avec des frites, on adorait. Elle s'appelait Angélique, elle aurait dû plutôt s'appeler Autorité.

Je me souviens, un jour, elle nous a confié pour notre petite sœur Catherine des sucettes Pierrot Gourmand.

Le soir, avant de partir de chez elle, ayant sans doute des soupçons, elle a voulu voir les sucettes. On les avait mangées. En vitesse on a bricolé de fausses sucettes avec les papiers et les bâtonnets qu'on a récupérés et des cailloux.

Ça n'a pas fait la blague…

Michèle, la femme d'Yves-Marie, pensant lui faire plaisir, lui préparait souvent des choux de Bruxelles.

Il ne lui avait jamais dit qu'il n'aimait pas...

Heureusement je n'étais pas un chou de Bruxelles.

Avec son diplôme de Polytechnique, il aurait pu devenir une grosse légume, il ne l'a pas souhaité.

Il est resté un petit artichaut qui cache son cœur sous ses feuilles.

S'il avait été une couleur, il aurait été un gris souris, sauf deux à trois fois par an, il devenait rouge comme une betterave, il était en colère et c'était grandiose.

«Je peux compter sur les doigts d'une seule main les colères auxquelles j'ai assisté..., raconte son beau-fils Laurent.

D'abord il observait, écoutait, montait en pression, devenait rouge et soudain piquait une rogne.

On se taisait tous, il fallait surtout ne rien dire, ne pas bouger, battre un record d'apnée, devenir un personnage du musée Grévin.

On pouvait entendre une mouche péter.»

Madame Dufour était maraîchère à Achicourt dans la banlieue d'Arras, elle venait à la maison toutes les semaines avec sa voiture à cheval vendre ses salsifis et toutes sortes de légumes. Sa voiture à cheval ressemblait à la voiture des cow-boys. Elle était couverte d'une grande bâche qui faisait comme un tunnel tout noir dans lequel elle mettait ses légumes. On n'avait pas le droit de monter dans la charrette parce qu'on aurait écrasé les légumes, on se contentait de caresser le gros cheval immobile, il s'appelait Bijou.

Quelquefois Bijou sortait d'entre ses pattes arrière un gros tuyau noir comme un tuyau d'arrosage, et il arrosait la rue longtemps. Parfois il soulevait sa queue et laissait tomber des boules de crottin qui se cassaient et fumaient sur le pavé. Quand le cheval était parti, on devait ramasser le crottin pour bonne-maman, elle le mettait dans ses rosiers.

Un jour, pour faire rire Yves-Marie, j'ai dit pine de cheval, il l'a répété plusieurs fois. Bonne-maman l'a entendu, elle l'a grondé. Moi, faux cul, j'étais d'accord avec bonne-maman, j'ai dit à Yves-Marie que c'était pas bien de dire ça, c'était un péché mortel.

Quand je pense à Yves-Marie, je nous revois petits sur le dos d'un épagneul. Un superbe chien qui accompagnait notre père à la chasse.

On aimait beaucoup les animaux, on se partageait un petit chat noir. Il avait deux noms suivant les bras dans lesquels il était, dans les bras d'Yves-Marie il s'appelait La Paix, dans mes bras il s'appelait La Guerre.

On a eu à la maison une petite oie apprivoisée, elle était souvent dans la maison. Quand les clients de papa sonnaient à la porte, elle accompagnait la personne qui allait ouvrir.

Le jour où elle a accompagné des pommes de terre on n'a pas voulu la manger.

Petits, nous allions, Yves-Marie et moi, passer quelques jours pendant les vacances scolaires chez notre bonne-maman Angélique, elle habitait à l'époque derrière la gare d'Arras. Elle nous faisait des nouilles sucrées et des tartes qu'elle cuisait directement sur sa cuisinière sans tourtière.

Quand on faisait des bêtises, elle menaçait de nous mettre à la cave. Elle nous racontait qu'il y avait des rats aux yeux bleus et des rats aux yeux rouges.

Les rats aux yeux bleus étaient gentils.

Les rats aux yeux rouges étaient cruels.

Petits nous avions des surnoms, Yves-Marie c'était Dali, Jean-Louis c'était Bilili.

Jean-Louis, trois ans, Yves-Marie, deux ans.

Je regarde une très vieille photo, elle date de soixante-quinze ans. Elle est sépia. Yves-Marie et moi, on doit avoir deux et trois ans, on est bien habillés, on est en barboteuse. C'est une photo de gala.

Jean-Louis est debout au garde-à-vous. Yves-Marie est assis sur un meuble, il joue avec ses doigts. Il est souriant, Jean-Louis est renfrogné, l'air sérieux, trop sérieux, pas commode, il semble avoir peur. Yves-Marie est radieux, il a l'air de s'amuser, il a l'air d'applaudir, un petit ange, il rit aux anges.

Jean qui rit et Jean qui pleure.

Sur les photos de nous enfants, il y a toujours, côte à côte, un Jean qui rit et un Jean qui pleure.

Le Jean qui rit, c'était Yves-Marie, facile à vivre, disait ma mère, j'étais le Jean qui pleure, difficile à vivre, renfrogné, jamais content...

J'ai transmis mon mal de vivre à une vache, La Noiraude, devenue un dessin animé à la télévision.

Qu'est-ce qui ne va pas encore, La Noiraude ?

Quand on nous parlait de notre mère, à Yves-Marie on disait « ta chère mère », à moi on disait « ta pauvre mère ».

Un moment avec Yves-Marie, on a joué à inventer des définitions. On choisissait un mot et il fallait faire sa définition dans une phrase.

Je me souviens un jour du mot « rosée », j'avais trouvé une phrase dont j'étais fier « La rosée, c'est l'herbe qui a la goutte au nez… » Yves-Marie, beau joueur, a reconnu que j'avais gagné.

À la fête des Mères, on écrivait un compliment. Cette année, j'ai fait un poème avec des rimes.

Chaque jour, Ô mère, tu te lèves comme le soleil
Tu viens dans ma chambre où je sommeille
Tu me prends dans tes bras, je me réveille
Et je me dis, Ô mère, que ma vie est merveille
Chaque soir, Ô mère, tu te couches
comme le soleil
Je pense à toi, et l'obscurité disparaît
La nuit, tu es ma lampe de chevet…

Yves-Marie a écrit un tout petit poème.

Maman je te fais un gros bisou
Dans le cou
Parce que je t'aime beaucoup

Maman a dit à Yves-Marie : « Toi tu t'es pas fatigué… »

Je dois à Yves-Marie une grande joie, à moi l'amateur de voitures, il m'a donné la chance pendant un week-end de conduire un coupé Panhard 24.

Il était à l'époque dans l'équipe de direction de la marque, on lui avait confié pour le week-end ce modèle qui venait de sortir. J'ai traversé les rues d'Arras dans la superbe voiture, toutes les filles nous regardaient.

Celles-là mêmes qui ne me voyaient pas quand j'étais dans ma 2 CV.

Je regarde la boîte dans le jardin, c'est un parallélépipède.

On dirait un grand cercueil.

Une idée folle me traverse la tête.

Il y a peut-être un cadavre dedans.

Qu'est-ce qu'Yves-Marie aurait écrit s'il avait décidé de faire un livre sur moi ? Je pense qu'il m'aimait bien, il était étonné par mes excentricités. Lui qui n'osait pas avait une certaine admiration pour moi qui osais.

Certainement que lui aussi avait dans la tête des idées de bêtises, mais courtoisement il me les laissait faire à sa place…

Bien plus tard, mon petit frère se réjouira de mes succès. Après le prix Femina, il m'a envoyé un exemplaire de mon livre avec les dédicaces chaleureuses de tous ses enfants.

Il est venu me voir au théâtre du Rond-Point, quand j'ai joué *Mon dernier cheveu noir*, il m'a félicité discrètement. Pas de grandes phrases, quelques mots qui m'ont beaucoup touché.

Notre plus jeune frère Bernard était impulsif, souvent violent. Je me souviens d'un jour où, en colère, il a jeté une bille d'acier sur Yves-Marie et l'a atteint à la tête. Il a saigné, j'étais fou de colère, j'ai dit à Bernard : tu as tué ton frère ! Un jour, j'avais vu mon père arrêter un saignement avec une serviette de table, j'ai voulu faire comme lui, mais je n'avais pas de serviette, il ne restait que la nappe sur la table, j'ai pris la nappe pour la mettre sur la tête d'Yves-Marie.

Il a été sauvé.

Yves-Marie ne voulait pas embêter les autres avec ses états d'âme, il se les gardait, c'étaient ses oignons.

Est-ce qu'il était heureux ?

Difficile à dire. Il ne le disait pas.

On ne savait rien sur ses états d'âme.

Il aurait eu quelques raisons d'être angoissé, sa mère l'était, son grand frère aussi, sa femme avait parfois tendance à la mélancolie, alors pour la consoler il lui avait dit une phrase qui a beaucoup fait rire dans la famille : « Quand tu es triste, pense à des choses gaies… »

Yves-Marie devait toujours penser à des choses gaies.

À son fils Benoît, grand angoissé qui lors d'une crise d'angoisse lui avait annoncé : « Ça y est, je suis fou », Yves-Marie avait répondu avec un bon sourire : « Allons bon. »

On peut dire qu'il a eu une belle vie, une femme qu'il aimait bien, des enfants intelligents, des petits-enfants charmants, pour lesquels il fabriquait des meubles miniatures avec un soin infini et beaucoup de goût.

Étant polytechnicien, il n'a pas eu de souci pour exercer une profession intéressante, il a été ingénieur-conseil, il réorganisait des entreprises dans différents pays d'Europe, un jour c'était une fabrique de pantalons au Portugal, puis une usine de pneus en Belgique, etc.

Il étudiait d'abord longuement le fonctionnement des entreprises, avant de faire un rapport et donner des conclusions et des nouvelles consignes. Sa responsabilité était grande.

Par contrat, il garantissait l'augmentation du rendement et du chiffre d'affaires. Lui le timide savait imposer des modifications de méthode, des changements de place des machines. Il affrontait courageusement ceux qui voulaient conserver les anciennes méthodes. Pour les convaincre, il lui fallait une force de persuasion peu commune, ses arguments devaient être irréfutables. Il avait un regard neuf pour leur faire adopter des changements.

Il voyageait beaucoup, il avait de ce fait une hygiène de vie particulière, un régime alimentaire fantaisiste, pas diététique. Lui, le sportif doué, n'a plus fait de sport, il a beaucoup grossi… Il fumait, d'abord des Gitanes maïs, elles étaient pratiques pour le pêcheur qu'il était parce qu'elles ne se consumaient pas toutes seules, elles avaient le bon goût de s'éteindre quand un poisson rôdait autour de l'appât.

Il a fumé ensuite des Marlboro, mais jamais chez lui. Il allait faire un petit tour dehors pour en griller une.

Il adorait le steak frites, il faisait à Polytechnique des concours de frites qu'il gagnait souvent.

Il avait un problème quand il mangeait un steak frites.

Comme il voulait toujours finir par le meilleur, son drame c'est qu'il aimait autant la viande que les frites…

Pour lui, la bouffe c'était sérieux. Sa fille Anne n'a pas oublié, elle lui a raconté qu'à leur table un ami a voulu mettre du sucre dans du fromage blanc préparé avec de l'ail et des fines herbes.

Il était révolté, lui le bien élevé a dit à sa fille : « La prochaine fois, fous-lui sur la gueule… »

Il a raconté à son fils Denis qu'à la boucherie, quand il allait acheter du beefsteak haché, qu'il adorait et dont il consommait d'énormes quantités, il demandait trois steaks de cent grammes alors qu'il était seul et allait engloutir trois cents grammes de viande. Pour pas se faire remarquer.

Une fois, en détaillant l'étiquette d'un pot de rillettes, il a remarqué que le total des ingrédients dépassait 100 %.

Il a pris sa plus belle plume, et a envoyé une lettre au fabricant de rillettes. Pour lui, une faute de calcul, c'était pire qu'une faute de français, un péché mortel.

Le fabricant s'est excusé et a promis de corriger la faute.

Il a reçu des bons d'achat et a pu continuer à manger ses rillettes, sans remords, la conscience tranquille.

Il avait de drôles de goûts. Il lui arrivait de manger une tartine de beurre après le repas. Au goûter, il se faisait des tartines de moutarde, il mettait beaucoup trop de sel dans ses plats, et en guise de collation il dévorait des plaquettes de pastilles Rennie. Sa fille Anne a toujours cru que c'étaient des bonbons.

Lui qui n'aimait pas se singulariser, au restaurant il choisissait toujours un plat différent des autres.

Certainement par curiosité.

Chaque mois, maman nous donnait de l'argent de poche. On avait cent francs et une plaque de chocolat. Yves-Marie mangeait son chocolat tout de suite, moi j'attendais la fin du mois et je me faisais une mousse au chocolat, je la mangeais dans la casserole devant Yves-Marie. Un jour, il m'a poursuivi, j'ai dû finir ma mousse au chocolat dans la rue.

— J'ai parfois pensé que toi, Yves-Marie, tu avais eu, dans notre enfance, l'impression que j'étais le préféré de notre mère. Pourquoi tu ne m'en as jamais parlé ?

— Je n'avais pas envie. Il n'y avait rien à dire.

— Tu peux en parler maintenant, c'est du passé et puis tu as le temps, tu as l'éternité devant toi.

— Je n'osais pas, c'est vrai j'ai souvent eu l'impression de tenir moins de place que toi dans la famille.

— Je donnais plus de souci que toi.

— Tu reconnais que tu étais encombrant.

Maman, Jean-Louis et Yves-Marie.

Avec toi on ne pouvait pas en placer une…

Tu parlais plus fort, tu riais plus fort, tu pleurais plus fort.

Tu te manifestais, tu avais toujours ton mot à dire, moi j'étais celui qui n'avait rien à dire, l'enfant sans histoire à raconter...

— Mets-toi à ma place, fallait bien que j'existe. J'étais le maillon faible. J'avais de mauvais résultats à l'école, j'étais turbulent, souvent puni, mis à la porte définitivement de l'institution Saint-Joseph.

Toi, tu étais l'honneur de l'institution, l'honneur de la famille.

Peut-être, pour compenser, ma mère a voulu me défendre et s'est plus occupée de moi.

— J'avais l'impression qu'elle s'intéressait plus à toi.

— Notre mère et moi, on avait une passion commune pour les arts. Je voulais être comédien, notre mère jouait du piano, elle peignait, elle lisait beaucoup, elle adorait Verlaine.

Toi, tu étais plus attiré par l'univers scientifique comme notre père.

Il ressemblait beaucoup à mon père. Une amie de ma mère pensait qu'Yves-Marie ressemblait un peu au mari qu'elle avait eu. Je crois que notre père préférait Yves-Marie à moi.

Quand ma femme Sylvie a eu son malaise fatal qui l'a mise dans le coma et qu'en accord avec les médecins on a dû décider d'arrêter la réanimation, j'ai demandé à Yves-Marie de m'accompagner, pour supporter l'épreuve. C'était à l'hôpital de la Salpêtrière.

Il était là, silencieux, il m'a raccompagné chez moi, toujours en silence.

Peut-être que j'aurais aimé qu'on me parle, qu'on me console. Je suis sûr qu'il était triste aussi.

Une fois encore, il ne pouvait pas parler.

— Non, je ne pouvais pas parler. Mes mots n'auraient pas été à la hauteur de ton chagrin, de ma peine, j'avais peur d'être maladroit.

— Il y a des mots maladroits qui consolent.

— Je ne veux pas être maladroit.

— Pourquoi tu veux toujours être à la hauteur, toi qui as toujours été le premier ?

Avec ton air de ne pas y toucher, tu serais pas un peu orgueilleux ?

— Si tu le dis. C'est vrai, je ne me prends pas pour un con.

C'est pas le pire des défauts.

À son fils Denis qui venait de faire une connerie et qu'il venait de traiter de petit con, sa fille Anne a dit tout bas : « Ça tient de famille. » Il l'a entendue et il a répondu : « Ça veut dire quoi ? Que je suis un con moi aussi ? »

Elle a répondu : « Non papa, t'es pas un con... »

Imperturbable, il a répondu : « Tu me rassures. »

Quand j'entends : « Il ne dit rien, mais il n'en pense pas moins », je pense tout de suite à Yves-Marie.

Il y en a qui ne disent rien parce qu'ils n'ont rien à dire, ils ne pensent pas. Ce n'était pas son cas.

Sa tête était une centrifugeuse, où plein d'idées tournaient sans arrêt.

Ça restait trop souvent secret, et on ne pouvait pas toujours en profiter.

Quand après sa retraite il a pris les transports publics, il a observé des plus jeunes que lui qui se précipitaient sur les places libres, alors qu'il était debout. Au moment de descendre à sa station, il passait devant eux très lentement en boitant exagérément pour les mettre mal à l'aise.

Si Yves-Marie avait été un moyen de locomotion, il aurait été un TGV, rapide et silencieux.

Yves-Marie roulait vite en voiture, sa fille se souvient qu'un jour il a été arrêté par la gendarmerie: «Monsieur vous avez été flashé à 80, la vitesse est limitée à 60.»

Il a pris son air innocent et naïf, et a dit: «Flûte alors», ça lui a évité d'aller au violon…

Un jour, papa a dit à maman qu'il avait eu dans sa jeunesse un stradivarius, il ne se souvenait pas où il était.

Elle savait qu'il avait appris à jouer du violon dans sa jeunesse, mais de là à avoir un stradivarius…

Elle nous a expliqué qu'un stradivarius était un violon ancien, exceptionnel, fait à Crémone en Italie par Monsieur Antonio Giacomo Stradivari. Il n'y en avait pas beaucoup dans le monde, ça valait une fortune, plus cher qu'une auto, plus cher qu'une maison. Un million de francs, peut-être ?

On s'est mis à rêver avec maman à tout ce qu'on pourrait s'offrir si on le retrouvait. On allait remplir le frigidaire, on allait acheter des beaux habits, on allait être riches.

Yves-Marie a calculé ce qu'on pourrait acheter avec un million. Trois vélos Solex, trois mobylettes, une 4 CV Renault, une 2 CV Citroën…

Il fallait absolument le retrouver. On a cherché, on a retourné la maison, de la cave au grenier, on n'a rien trouvé.

Un matin, Yves-Marie est arrivé rayonnant, il brandissait une boîte à violon pleine de poussière, on l'a ouverte en tremblant, tout doucement, comme s'il y avait un trésor dedans et qu'on avait peur qu'il se sauve...

Dedans, il y avait un petit violon d'étude.

Papa, il aimait raconter des blagues.

Je suis dans le jardin.

Une mésange bleue s'est posée sur la boîte comme une fleur.

Ses petites-filles se souviennent qu'il leur apprenait à faire des grimaces, c'était un clown mathématicien, il restait un grand enfant.

« Tu m'as tellement appris, des identités remarquables, des chants des oiseaux en passant par les champignons.

Je te promets de continuer de grandir en gardant ta sagesse dans ma tête et ton humanité dans mon cœur.

Quand tu souriais, tu étais radieux, quand tu réfléchissais tu étais impressionnant », a écrit sa petite-fille Pauline.

Yves-Marie à la retraite.

« Quand on partait marcher, raconte son beau-fils Laurent, il mettait ses mains dans son dos, et quand la pente devenait un peu forte, il faisait des lacets, tranquillement, à son rythme derrière nous, sans but, il prenait son temps, il fermait la marche, j'aimais ça.

Quand il parlait de Michèle, de cette jolie famille, ou quand il parlait de ses enfants, de mes filles, parfois même d'une macro Excel, son visage changeait, ses yeux gris brillaient, sa voix tentait de se frayer un chemin dans sa gorge serrée, il était submergé, c'était touchant, c'était contagieux. »

Après sa disparition, une avalanche de qualificatifs, venue de ses collaborateurs, s'est abattue sur lui.

Heureusement, il ne les a pas entendus, il aurait été gêné…

Compétent, logique, méthodique, analytique, précis.

Ingénieux, audacieux, pragmatique, rigoureux, persévérant.

Humble, social, bienveillant.

Calme, discret, philosophe, joyeux.

Un homme hors norme, un modèle, un mentor, un chef d'orchestre.

Quand on ne savait pas résoudre une question chez un client, une seule solution : « Parles-en à Yves-Marie. »

— N'en jetez plus, la cour est pleine. Qu'est-ce que tu en penses ?

— Ils disent ce qu'ils veulent.

— Ils disent aussi ce qu'ils pensent. Tu t'en doutais ?

— Pas du tout. Je n'ai rien fait pour.

— Ça a l'air de te laisser insensible, tous ces compliments...

— Tu ne vas pas recommencer avec tes histoires de sensibilité, lequel de nous deux est le plus sensible ?

Dis-toi, une fois pour toutes, que tu es le plus sensible et que je ne suis pas sensible.

— Non, je pense que tu es sensible, mais comme pour tout, tu ne veux pas le dire, tu ne veux pas le montrer, tu n'oses pas l'avouer.

Moi, j'avoue, je suis très sensible aux compliments, j'en ai besoin, ils me rassurent, j'aime bien qu'on m'aime, ça me permet de m'aimer un peu. Toi, tu n'as pas besoin de ça, apparemment tu peux t'en passer. Peut-être que tu t'aimes et que ça te suffit ?

— Tu dis vraiment n'importe quoi, arrête ta psychologie de bazar. Si je suis timide, si je me sens mal à l'aise en société, c'est que je ne suis pas sûr de moi, je n'arrive pas à dire ce que j'aurais envie de dire, je n'ose pas, je ne peux pas. Tu comprends ?

Dans le domaine professionnel, je suis sûr de mes calculs. Dans la vie privée, affective et sentimentale c'est une autre affaire, ce n'est plus une affaire de chiffres. Je ne savais pas conter fleurette, c'est une affaire de mots, et les mots je m'en fiche, comme de l'an 40, l'année de ma naissance.

— Je te reçois, cinq sur cinq.

Pour moi, les mots sont importants, ce sont les briques pour construire les livres, où on peut se mettre à l'abri de la vie, quand elle est trop dure.

Il en faut vingt mille pour faire un petit livre.

J'ai toujours préféré les mots aux chiffres.

Les chiffres, c'est la quantité, les mots, c'est la qualité…

Yves-Marie aimait la musique ancienne, Josquin des Prés, De Lassus, la polyphonie, une musique savante avec une architecture, une organisation rigoureuse des sons, des canons, une combinatoire qui lui rappelait peut-être ses calculs mathématiques et le rassurait. Les partitions ressemblaient à des pages de calcul.

Il adorait aussi le concerto pour hautbois de Haydn et le concerto pour piano de Schumann.

En plus des tableaux Excel, son peintre préféré était Edward Hopper, peintre du silence et de la solitude.

Il se voyait bien au comptoir dans le tableau *Nighthawks*, seul et silencieux, devant un whisky.

Il aimait bien le whisky.

Il aurait aimé écrire mais il disait ne pas savoir quoi écrire, il prétendait ne pas avoir d'imagination.

Peut-être s'en méfiait-il ?

Il écrivait bien mais, comme beaucoup, il n'osait pas écrire, toujours sa fameuse timidité, il n'avait pas le culot de parler de lui dans un récit personnel.

L'idée aussi que ce qu'il avait à l'intérieur n'intéresserait personne.

Peut-être que s'il avait écrit, il aurait écrit avec des chiffres.

Il est arrivé sur son 31, pas à la 6 4 2, il a tourné sa langue 7 fois dans sa bouche je l'ai reçu 5 sur 5, il n'aimait pas les 5 à 7, ni le 69, il a tapé dans le 1000, ce n'était pas un zéro.

22 vlà les flics, ils sont arrivés 4 à 4, ils étaient 5, comme les cinq doigts de la main. Ils ont joué au 421, il a fait ni une ni deux en 2, 3 mouvements, il n'avait pas un sou en poche, il a fait les 3 huit, il était payé le 36 du mois pourtant, il gagnait des mille et des cents, il est devenu riche à millions, il a dévoré un mouton à cinq pattes, maintenant, quoique six pieds sous terre, il est au septième ciel.

Quand on était petits, on adorait les westerns, John Wayne était notre Dieu, on aurait bien aimé être cow-boy.

Le soir, quand on rentrait de l'école, on courait, on faisait sonner les pavés avec nos galoches à semelle de bois, comme les sabots des chevaux.

On avait un projecteur de cinéma, maman louait des films qu'on regardait le dimanche. Je me souviens encore des Laurel et Hardy, de l'irrésistible Harold Lloyd. Bien plus tard, Woody Allen me rappellera Harold Lloyd.

Il y avait aussi des films sérieux avec Harry Baur, avec Pierre Blanchar. Je me souviens de *Pontcarral.*

Plus tard, notre mère nous emmènera au cinéma, voir les dessins animés de Walt Disney, on a vu *Blanche-Neige*, *Cendrillon*, *Bambi.*

Je me souviens des films pour les grands.

Le Grand Caruso avec Mario Lanza, *Les Diaboliques* de Clouzot avec Simone Signoret.

Prélude à la gloire avec le petit Roberto Benzi.

Yves-Marie se moquait de moi quand je me prenais pour Roberto Benzi, je battais la mesure devant le poste de radio qui diffusait des concerts.

Étrangement, son film préféré à lui qui redoutait les manifestations des sentiments, c'était *Les Parapluies de Cherbourg*. Un film enchanteur où les sentiments mis en musique par Michel Legrand ont le droit de s'exprimer.

Puis la télévision est arrivée.

Je me souviens d'un Nouvel An, notre mère somnole devant la télévision, la salle à manger est dans la pénombre, l'épais buffet Renaissance flamande, tapi dans l'ombre comme un hippopotame, est éclairé par l'écran noir et blanc de la télévision. Notre mère est assise dans un grand fauteuil, les garçons, nous sommes sur des chaises autour de la table, sur l'écran une grande horloge décompte les dernières minutes de l'année.

Apparition de Catherine Langeais, superbe, des paillettes scintillent dans ses cheveux. Elle a une coupe de champagne à la main, elle l'approche de la caméra, elle invite les spectateurs à trinquer avec elle : « Souhaitez-vous la bonne année, embrassez-vous. »

Malaise énorme, qui va se lever le premier pour aller embrasser la joue froide de notre mère ?

Je suis le premier, le seul…

Yves-Marie marmonne un « Bonne année » en restant sur sa chaise.

Dans le poste, c'est l'implosion, des serpentins tombent du ciel, tout le monde s'embrasse.

Il était de gauche. Il lisait *Libé* et *Le Nouvel Obs*.

Il était un vrai socialiste, il était pour le partage.

Ses déclarations d'impôt étaient irréprochables.

Il n'admettait pas le travail au noir.

Il était scrupuleusement honnête.

Il gagnait très bien sa vie, mais n'avait pas l'arrogance des nouveaux riches.

Il était généreux, avare seulement en démonstrations de tendresse…

Sur un panneau « Attention, l'ascenseur est vieux et dangereux » accroché à la porte de l'ascenseur de son immeuble, il avait ajouté : « Les vieux ne sont pas tous dangereux. »

Il était déjà vieux à l'époque, mais pas dangereux.

À la fin de ta vie quand tu as été malade, tu es devenu plus bavard, je t'appelais régulièrement, tu parlais volontiers de ta maladie, sans jamais te plaindre.

Tu suivais scrupuleusement les traitements prescrits et les visites à l'hôpital où tu allais sans déplaisir, tu t'y sentais bien, tu savais que tout le monde était là pour prendre soin de toi.

Tu ne semblais pas avoir peur de la mort, tu l'attendais avec une grande sagesse, une grande sérénité.

Est-ce que tu pensais que tu allais au ciel, le ciel dont nous parlait bonne-maman d'Arras ?

Tu y avais droit, tu n'avais pas fait autant de péchés mortels que moi...

— Qu'est-ce que t'en sais, a ajouté Yves-Marie, tu te crois le seul capable de faire des péchés mortels ?

J'ai imaginé Yves-Marie « comptant » fleurette à un ange…

C'est l'ange qui a commencé, il était déluré. Il lui a, d'une voix suave, susurré 76589023466231.

Yves-Marie a répondu brièvement par deux chiffres : 79.

Sans se départir, l'ange a dit 65890421864338, il a ajouté 57933076.

Mis en confiance et toujours concis, Yves-Marie a répondu 231.

L'ange s'est approché d'Yves-Marie et, carrément à l'oreille, lui a chuchoté 234187650.

Yves-Marie n'avait pas compris, il lui a demandé de répéter.

Puis, enhardi, il a répondu 656.

L'ange a souri, Yves-Marie aussi.

Yves-Marie, soixante-dix-huit ans.

Notre sœur Catherine m'a confié une photo d'Yves-Marie, prise peu de temps avant sa mort.

Toi qui durant ta vie n'as jamais cherché à attendrir ni à émouvoir, cette fois tu es bouleversant.

Un qui parle, un qui pense.

Le transporteur est venu, après enquête ils n'ont trouvé aucune trace de l'expéditeur.

Le colis reste un mystère.

Il a dû tomber du ciel, a dit le transporteur.

Pour en savoir un peu plus, ils ont décidé de l'ouvrir.

Dedans il y avait un étrange engin.

Un hélicoptère à pédales.

Avec le nom de l'expéditeur : Yves-Marie Fournier.

Je vais pouvoir aller le rejoindre…

Du même auteur :

Grammaire française et impertinente, Payot, 1992
Arithmétique appliquée et impertinente, Payot, 1993
Peinture à l'huile et au vinaigre, Payot, 1994
Le Pense-Bêtes de saint François d'Assise, Payot, 1994
Le C.V. de Dieu, Seuil, 1995 ; nouvelle édition Stock, 2008
Le Pain des Français, Seuil, 1996
Sciences naturelles et impertinentes, Payot, 1996
Je vais t'apprendre la politesse, p'tit con, Payot, 1998
Il a jamais tué personne, mon papa, Stock, 1999
La Noiraude, Stock, 1999
Encore La Noiraude, Stock, 2000
Roulez jeunesse, un code de la route pour les jeunes, Payot, 2000
Pas folle La Noiraude, Stock, 2001
J'irai pas en enfer, Stock, 2001
Mouchons nos morveux, JC Lattès, 2002
Le Petit Meaulnes, Stock, 2003
Antivol, l'oiseau qui avait le vertige, Stock, 2003
Les Mots des riches, les Mots des pauvres, Anne Carrière, 2004

Satané Dieu ! Stock, 2005
OGM, Organismes Gentiment Modifiés, Payot, 2006
Mon dernier cheveu noir, Anne Carrière, 2007
À ma dernière cigarette, Hoëbeke, 2007
Histoires pour distraire ma psy, Anne Carrière, 2007
Où on va, papa ? Stock, 2008
Poète et Paysan, Stock, 2010
Veuf, Stock, 2011
Ça m'agace, Anne Carrière, 2012
La Servante du Seigneur, Stock, 2013
Trop, La Différence, 2014
Manuel impertinent. Grammaire, Arithmétique, Sciences naturelles, Payot, 2014
Ma mère du Nord, Stock, 2015
Bonheur à gogos ! Payot, 2016
Mon autopsie, Stock, 2017
Dictionnaire amoureux du Nord, Plon, 2018
Je ne suis pas seul à être seul, JC Lattès, 2019
Merci qui ? Merci mon chien, Buchet/Chastel, 2020
Je n'ai plus le temps d'attendre, JC Lattès, 2021
À quoi tu penses ? Philippe Rey, 2021
Veuf cherche femme immortelle, JC Lattès, 2022
Il y a encore de la lumière sous mon chapeau, Buchet/Chastel, 2024

Jean-Louis
Fournier
Veuf cherche femme immortelle

Jean-Louis
Fournier
Merci qui ?
Merci mon chien

Jean-Louis
Fournier
Je n'ai plus le temps d'attendre

Jean-Louis
Fournier
Je ne suis pas seul à être seul

Jean-Louis
Fournier
Mon autopsie

Jean-Louis
Fournier
BONHEUR
À GOGOS!

Jean-Louis
Fournier
Ma mère du Nord

Jean-Louis
Fournier
Ça m'agace !

Jean-Louis
Fournier
Le C.V. de Dieu

PAPIER CERTIFIÉ

Le Livre de Poche s'engage pour
l'environnement en réduisant
l'empreinte carbone de ses livres.
Celle de cet exemplaire est de :
150 g éq. CO_2
Rendez-vous sur
www.livredepoche-durable.fr

Composition réalisée par Lumina Datamatics, Inc.

Achevé d'imprimer en octobre 2025 en Espagne par
BLACKPRINT
Dépôt légal 1re publication : novembre 2025
LIBRAIRIE GÉNÉRALE FRANÇAISE
21, rue du Montparnasse – 75298 Paris Cedex 06
marketing@livredepoche.com

68/7440/8